KB099214

소녀를 다비하다

이 도서의 국립중앙도서관 출판예정도서목록(CIP)은 서지정보유통지원시스템 홈페이지(http://seoji.nl.go.kr)와 국가자료종합목록 구축시스템(http://kolis-net.nl.go.kr)에서 이용하실 수 있습니다.
(CIP제어번호 : CIP2020028211)

J.H CLASSIC 056

소녀를 다비하다

안현심 시집

지혜

시인의 말

순정한 삶의 기록,

여덟 번째 시집을 엮는다

포기할 수 없는

안쓰러운 목숨이여

합일을 갈망하는 봉우리 아래

앞서거니 뒤서거니

나비 날갯짓

이천이십년 칠월

안현심 쓰다

차 례

1부

2부

3부

4부

• 일러두기
한 연이 첫 번째 행에서 시작될 때는 > 로 표시합니다.

1부

어리연꽃

녹아버릴라, 날아가버릴라
바라보다 눈물방울 떨어뜨릴라

쓰다듬어보고 안아보고 싶지만 조막만한 내 사랑 바스러져버릴라, 주저앉아버릴라

못물에 풍덩 들어앉은 새털구름,
못 본 새 젖멍울 앵두만큼 익었을까

네게로 누운 길이 길기만 한데, 오늘은 쪼그만 발로 어느 하늘을 날까.

바이칼 전설

예니세이 강, 셀렝게 강, 레나 강, 투르카 강
삼백여 물줄기 흘러들어 바이칼을 짓는다지만
보이지 않는 강줄기 또 하나 있다는 걸

아는 사람, 아무도 없지

자작나무 가지를 타고 놀던 요정이
폭설에 연인을 잃어버린 후
지하로 흘려보내는 눈물 강

호수 깊은 바닥에서 몸부림칠 때마다
물낯은 맑디맑은 눈물을 길어 올렸지

잃어버린 사랑이
호수를 출렁이게 한다는 걸

아는 사람, 아무도 없지.

부탁

비행할 때 귀가 멍멍해지면
코를 꼭 틀어막고 숨을 내쉬어요

북국의 밤은 매우 춥다는데
찬비 맞고 다니면 안 돼요

자작나무 말을 귀담아 듣고
바이칼 물빛처럼 푸르른 사람이 되어주어요

잠에서 깰 때마다
마주보게 되기를 바라는 나날,

사막을 건너올 때 귀가 멍멍해지면
코를 꼭 틀어막고 숨을 내쉬어요.

쌍둥이

쌍둥이를 낳았지,

바구니에 담아 강물에 띄워 보내고 말안장에 얹어 구름 피어 오르는 곳으로 채찍질해 보냈지

찾아 헤매던 내 안의 나, 어느 골목 서성이다 이제 왔느냐? 어느 하늘 모서리 휘청거리다가 야윈 입술로 울고 섰느냐?

머리칼 희어지고
분홍빛 뺨은 빛을 잃어 가는데

절룩이는 발목 끌고
또, 어디로 가려 하느냐.

유형지의 사랑

귀족의 작위를 박탈한다, 아기를 낳으면 노예의 신분을 부여한다, 돈을 한 푼도 가져갈 수 없다, 다시는 도성으로 돌아올 수 없다.

헌데도,

트루베츠카야는 썰매마차를 타고 혹한의 시베리아를 사십여일 달렸네. 혁명에 실패하고 유형살이하는 데카브리스트 남편을 찾아 빈 몸이길 두려워하지 않았네.

보이지 않는 사슬에 묶여
여위어가는 발목이여

허지만,

당신을 구할 힘이 내게는 없네
족쇄에 입맞춤할 용기도
내게는 없네.

샤먼바위

바이칼호 알혼 섬에는 샤먼바위가 있지
해뜰녘이면 황금빛으로 빛나는 우주바위가 있지

샤먼바위에 기대어
간절히, 간절히 귀 기울였네

전생의 나
샤먼이었는지 모르네

우주바위 꼭대기에서 하늘동네 오르내린,
시와 노래와 춤을 사랑한
단군이었는지 모르네.

인간, 새

지붕 꼭대기에서 두 팔 휘저어 날아올랐네
가라앉으려는 몸뚱어리를 들숨으로 띄워 올렸네
구름까지 다가가자 바람을 탈 수 있었네

풍선처럼 팽팽해지는
설렘 그리고 희망

깨어나지 않기를 기도하며
푸른 하늘을 활강했네

산맥을 넘나들던
태초의 기억

나는,
날 수밖에 없었네.

시인

구름덩이에 올라앉아
하늘 강물 둥둥 떠 흐르다가

낚싯줄 길게 늘여
파닥이는 생각의 켜 건져 올려선

씨실날실 촘촘히 날아
베 짜는 사람.

詩밤

빗소리 흠뻑 젖은 가을 모서리
목구멍을 훑어 내리는 보드카와 함께

시를 읽어요,

너무 사랑해서
고독한 밤.

몰라

눈에서 손가락을 거쳐 종이에 이르는 동안
타는 눈빛, 뜨거운 입맞춤의 여운을
놓쳐버리고 말았네

글로도 쓸 수 없고
그림으로도 그릴 수 없어

어쩔 줄 몰라
어쩔 줄 모르네.

외사랑

빗장 열어젖히고 따스운 입김을 불어넣는 그대여

마음 다해 부르면 금빛 마음결을 볼 수 있을까

온몸으로 노래하면 숨결 만질 수 있을까

어떻게 해야 마음을 다하는 건지

알 수 없는 채로 쓰러지는

쓰러지는 사랑.

계백에게

멋진 사내여,

그때 당신을 만났더라면 목숨 바쳐 사랑했을 텐데, 황산벌 전투에 나가기 전 목 베이지 않고 함께 싸우다가 죽었을 텐데

천 년 하고도 많은 바람 지난 후
묘역에 꿇어앉아 훌쩍입니다

비껴간 사랑이
머리 풀고 장맛비를 통곡합니다.

몸말

양귀비 꽃밭에 누운 듯
홀연히 불기둥 일어서더니
정수리 끝으로 빠져나갔어요

비단뱀처럼 구불텅거렸어요,
천 마리 지렁이가 춤을 췄어요

빗장을 푼 순간, 용암이 솟구쳤어요
뜨거운 샘물이 잡목 숲으로 흘러내렸어요

몸으로 말해요,

언어는
쓸데없는 지푸라기.

좋아

코끼리거북 등껍질에 들어앉은 듯
두툼한 손아귀에 포옥 안기면
어우, 좋아

온갖 향료를 들이마신 뒤
천이백 년 동안이나 몸뚱이를 태워
소신공양한 희견보살처럼
손가락 새 웅크려 앉아
온전히 불타버려도
어우, 좋아

한잠 자고 싶은 아늑한 동굴,
자다가, 자다가 눈뜨지 못한대도
어우, 좋아.

발의 연애학

눈길 주지 않던 발에 향유를 발라
구석구석 마사지한다

바람을 가르는 야생마의 꿈, 거둘 수 없다
황금 발찌 빛나는 춤꾼의 비상, 포기할 수 없다
달밤 내내 타다가 꽃다지언덕에서 혼절하는 花蛇

아직, 가슴이 뛴다

내 발에 입 맞춰줄 사람
누구인가.

우는 법

눈물 흘리지 않고도 울 수 있다는 걸, 가슴만 출렁출렁 흔들릴 수 있다는 걸, 소리 내지 않고도 온전히 울 수 있다는 걸……

오늘, 여실히 들리네요

상심한 입술 혼자 철썩이는 소리
억새밭을 떠도는 갈바람 소리.

2부

첫물

첫사랑
이랑이랑

오롯이 솟구치는 연둣빛 샘물처럼
새봄에 물오르는 감나무처럼

순정한 꽃대 하나 품고 있어요

보여드릴게요,

늦사랑이 지은
첫물.

꽃피다

명주이불 속에서
몸부림치는
봄

흥건히 젖어
쓰러지는 오르가슴

자지러지는 진통 끝,

뾰족이 얼굴 내미는
나무의 성기.

꽃잎편지

산수유꽃인 듯, 배롱나무꽃인 듯

소박하면서도 아찔한 향기, 참 아름다웠어요

덩굴손은 오직 당신을 향해 뻗어 오르고

종잡을 수 없는 눈물,

눈물.

첫사람

까만 얼굴을
나리꽃보다 예쁘다고 말해주는 사람

당신이 참 좋다고 손잡아주는
맨 처음의 사람

옷섶 여미고 기다립니다

목숨 잦아들 때까지
귀 기울입니다.

아직

바람아,
가을인 척하는 거지?

하늘우물 깊어지고 구름 한층 높아지더니
거짓말같이 달려온 너

바람아,
아직 가을 아니지?

지렁이 무덤

젖은 땅은 아직도 먼데

벌거벗은 몸뚱이에 불볕이 쏟아지네

뜨거운 길 위에서 허우적거리다가

구불텅구불텅 몸부림치다가

시커멓게 말라죽은

유랑의 무리.

청산도

— 소리꾼 '송화'를 위하여

귀신도 울게 하는 소리를 하려면 너도 한 맺힌 귀신이 되어야 하능기라. 즈이 남정네도 알아보지 못한 채 구박덩이가 되어 떠돌아야 하능기라. 설움이 썩은 내를 풍기면 안 되능기라. 항아리 속 술처럼 삭고 삭아서 향기로운 눈물을 길어 올려야 하능기라. 때로는 우레처럼 산천을 울리다가도 끊어질 듯 이어지는 낭랑한 날갯짓이 먼 하늘까지 닿아야 하능기라.

청보리밭 돌담길에서 황토바람을 만났지.
눈먼 송화의 춤사위가 회오리로 휘어 감았지.

아리아리랑 쓰리쓰리랑 아라리가 났네.

내면을 굽이치던 무채색 강물이
먼 바다로 흘러들었지.

눈물약

나이 지긋한 시인이
알약을 한 움큼 털어 넣는다.

무슨 약이에요?

시가 잘 써지는 약이오.

눈물을 흘리지 못하게 하는 약도 있나요?

말랑말랑한 심장을 단단하게 만드는 약,
우는 아이를 보아도 눈썹 한 올 움찔하지 않는 약,

어디 있나요?

초코파이

강의하다가 잠시 쉬고 있는데
할아버지 학습자가 초코파이를 들고 온다

저, 생각 없어요

그래도 드세요
앞에 놓고 계시면 보기에도 좋잖아요?

수업 때마다 바나나, 빵, 방울토마토, 비스킷을
뒤뚱뒤뚱 나른다

집으로 와 내놓은 초코파이가
할아버지 얼굴이다.

처음약속

바리캉의 공포를 이겨낸 포상으로
털 깎고 씻은 날만 침대에 올라오는 걸 허락했다

몸뚱어리 비비꼬며 도망칠 때마다
오늘은 너랑 잘게, 어르고 달래며 속삭인 말

꿈에도 넘보지 못하던 침대,
오늘은 이불 위에서 의기양양하다

아하, 털을 깎았구나
처음약속을 기억하고 있었구나

두 달만의 동침이 당당하기만 하다.

못했다

퇴직한 후
시를 공부해온 사람

정중히
그리고 애잔하게
더는 못 볼 것 같다고 했다

외아들을 잃었을 때도
결석하지 않았는데

저무는 삶을 지켜보는 눈동자가 쓸쓸했다

부디, 건강하시라는 말도
하지 못했다.

간종그리다

벽에 빗물이 스며들고
노린재와 지렁이가 기어들어와
화들짝 도망치고 싶은 날 있었지만

후회 없이 살고 싶다, 눈처럼 깨끗한 사람이 되고 싶다, 욱신거리는 아픔은 날려버리고 맑은 눈물만 간종간종 쓸어 담자

날마다
최면을 걸었다

바람 불어 아릿해진 눈
이제, 시린 옷자락을 여며야 할 때.

바보

찢어지게 가난하면서도
사랑을 말한 잎이 있었습니다

천정에서 빗물이 쏟아져 이불을 흠뻑 적셔놓아도 바가지로 퍼내며 천국이라고 말한 사람, 싸구려 그림을 그리며 창녀애인과 다락방에서 살았던 고흐에 비하면 얼마나 좋으냐고 말한 사람,

휘청휘청 걸으면서도
희망을 노래한 잎이 있었습니다.

바리데기

붉게 달아올라 엉겨 붙었어요
면도칼로 제 살을 베며 위협했어요

어매는 손자를 안고 나가버렸어요
손자가 해코지 당할까봐 딸을 내주었어요

치마꼬리에 매달리자 회초리를 들었어요
죽을힘 다해 강변을 달리다가
자갈무더기에서 고꾸라졌을 때

다시는
돌아오지 마라
시퍼런 저주가 날아왔어요

왜,
나를 버렸을까요.

3부

소녀를 다비하다

마당가에 쪼그리고 앉아
소녀를 다비하네

매캐한 연기를 피워 올리며
소녀는 시퍼런 불꽃으로 반항하네

소년이 보이기 시작하고, 나무가 보이기 시작했네
밤새 쌓은 사랑이 돌탑처럼 높아졌네

한 남자를 만났을 때
소녀는 보자기에 싸여 장롱 깊이 숨었네

들킬까 공포가 밀려왔을 때
소녀는 사랑을 불사르기 시작했네
소지燒紙 올릴 때마다 까만 나비 떼가 흔들리며 날아갔네

검은 날개들의 자맥질, 자맥질……

소녀는 하얗게 다비되고 말았네.

얼굴

오디 빛 눈동자였을까
감나무 속잎 닮은 볼이었을까

사랑을 외우던 입술은 어떻게 생겼더라

머리카락 올올이 세어보려 해도
아지랑이만 어른거릴 뿐

가지 끝 새소리였을까
먼 하늘 흐르는 새털구름이었을까.

겨울비

칭얼대는 애인을 잠재우고 사립문 돌아나가는 발자국소리,

가다서다, 가다서다

찬비 맞아 고꾸라지는 가시나무, 새.

헛되이

꽃피고 낙엽이 흩날렸어요

간절히,

내 사람이기를 기도할 때
바람 불고 강물이 흘러갔어요
뻐꾸기 울고 기러기도 날아갔어요

눈물로,

내 사람이기를 기도할 때
겨울이 가고 또 봄이 왔어요.

부활

너무 아파서
바람이라도 쐬러 나가야겠어요

비바람 속에서는
울어도 하느님이 눈치 채지 못하겠지요?

달뜨게 앓고 나면
예전의 그녀는 죽어 있을 거예요

사랑의 기억을 송두리째 잊은 채
핼쑥하게 서 있는
얼굴일 뿐.

벌새

눈 깜짝할 새
백여 번의 날갯짓,

태양광에 반응하는 무지갯빛 눈물입니다, 아스텍 전사처럼 천 길 폭포도 뚫고 나아가지만 사랑노래는 잊은 지 오래입니다

슬픔이 너무 커서 잦아든 목소리

날면서 목욕하고
날면서 꿀을 빨며 지상에 몸 부리지 못하는 벌새,

슬픔이 너무 깊어
사랑의 말 앗겨버리고 말았습니다.

딱하지

기침하다가 잠든 얼굴,
허물어질까 안쓰러워 머리만 쓰다듬었지
반쯤 열린 입술에서 새어나오는 신음소리
창백한 이마, 여린 속눈썹, 갈색 머리칼을 보며
생각하지

나를 이토록 감동하게 하는 것은
시에 대한 성실함 때문이지
열에 들떠 있는 이 순간도
시어가 파들거리고 있을 것이기 때문

그래서 딱하기만 하지
슬퍼해도 딱하고, 못 먹어도 딱하고,
사랑스러워도 딱하고, 시를 쓰는 것도
딱하지

딱하지 라는 말,
사랑하지보다 더욱 사랑한다는
말이지.

아라비아 오릭스

가지 끝 이슬로 목을 축이며
땀 흘리는 것조차 망설였지

열기가 치달아 오르면 죽은 듯 엎드려 있다가
비 묻은 곳을 찾아 사막을 유랑했지

사랑의 갈증으로 야위어가는 사람아,
한 방울 이슬로 외로움을 축이고
길 떠나는 짐승을 보아라

유유히 걸어가는
하얀 궁둥이,

오릭스를
보아라.

사이

비가 오네요,

입술이 마르게 시를 말하고 소주로 마른 입술 달래는 사이

장대비 주룩주룩 쏟아지네요.

여자

가재나 게처럼 갑옷을 입고 살지. 부드러운 살은 뜯어 먹히기 십상, 콘크리트 집을 짓고 살지. 코코넛문어처럼 집을 짊어지고 걸어 다니지. 포식자가 들이닥칠라 빗장 꼭꼭 걸어 잠그지.

겨울 오두막

어매는 곡기를 끊어버렸지
의원도 짚을 수 없는 병
삶이 빚은 속앓이

길인지 냇물인지 분간할 수 없는 눈밭,
허우적거리는 조막손에 따끈한 찐빵 하나 쥐어져 있었지

마른 입술이 찐빵을 베어 물 때
비로소 보았지

눈물이 꽃이 되는
겨울 오두막.

오세암 전설

배고프고 무서우면 관세음보살을 외워라
엄마가 보고 싶어도 관세음보살을 외워라

다람쥐와 숨바꼭질하는 천진난만을
어찌 부처라 하지 않겠느냐

이끼 덮이지 않은 순진무구를
어찌 꽃이라 하지 않겠느냐

다섯 살, 맑은 웃음소리가
언 하늘을 구른다.

벙글벙글

도솔산 자락에 가면
보행기에 남편을 붙여 세우고
운동장을 도는 할머니가 있어요
가요메들리를 틀어놓고 따라 부르는 여인이 있어요

사랑은 얽매는 것이 아니라
원하는 것을 할 수 있게 놓아주는 거라네요

들었는지 못 들었는지
할아버지는 흐응흐응 입만 헤벌린다

산 그림자 길어져도
여인의 노랫소리 그칠 줄 모르고

할아버지는 마냥 좋다,
아이처럼 벙글벙글.

호박엿

고속터미널 벤치에 앉아 있는데
허리 굽은 할머니가 다가와 묻는다.

화장실이 어디유?
모셔다드릴게요. 걷기 힘들면 저를 지팡이 삼으세요. 근데, 서울은 왜 가세요?
손자놈이 돈을 빌려갔는디 준다준다 하믄서 안 주길래 종주먹이라도 대러 가유.
얼마를 줬는데요?
일억오천유.
받기는 다 틀렸네, 그만 잊어버리세요.
콜롬비아대학까정 나온 놈이여.
배운 놈이 더한다니까요? 큰도둑이네.
그나저나 고마워서 워쩐댜? 이 호박엿 맛있응게 좀 잡숴봐.

서울로 가는 내내
호박엿이 호주머니에서 울었다.

4부

연어 알을 읽다

운일암 반일암
바위계곡에서 태어났어요
언저리 냇물에서 물장구칠 때
물이끼 낀 바위냄새가 이미지로 새겨졌지요
봄빛이 짙어갈 즈음 베링해로 헤엄쳐갔어요
빙하와 손잡고 삶을 짓는 동안
어매의 강을 잊어본 적이 없어요

연인과 함께
몸뚱어리에 새겨진 이미지를 찾아
폭포를 거슬러 올랐어요
어매가 그랬듯
이 강에 생명을 놓아야 했지요

연어 알을 읽는 동안
주홍빛 눈물이 방울방울 빛났어요.

자연일 뿐

새홀리기가 푸드덕거린다
애매미를 채가다가 떨어뜨려 주우러 온 것이다
나를 보더니 황급히 날아간다

뒤집혀 있는 매미를 툭 건드렸다
기절했다가 깨어나 비칠비칠 날아오른다

나뭇가지에서 지켜보던
새홀리기가 운다

나는
네 먹이활동을 방해하지 않았단다

그저
자연일 뿐.

알탕을 먹으며

수만 마리 치어가 뱃속을 헤엄쳐 다닌다
부화하지 못한 알이 울고불고 아우성이다

강물을 후정거리던 짐승이
어린 생명을 먹어버렸구나

냄비바닥에 눌어붙은 눈망울,
산 같은 죄가 목을 죄어온다

죽어서 강이 될 수 있을까
비단 강물이 될 수 있을까

그때,
나를 눕히고
물살을 거슬러라, 아가야.

마중물

팔십년 오월,
계엄군의 조준사격에 동무들이 쓰러져갈 때
문학도의 내밀한 꿈은 죽어버리고 말았지요

너무 아파 끄집어내지도 못한 채
비틀비틀 걸었어요

이제야 터져 나오는 내 노래는
누님의 시에서 비롯된 샘물

고마워요,

깊은
시의 잠을 흔들어줘서.

누이야

— 3·8민주의거 제58주년

총칼보다 두려운 것은 잊히는 것
역사를 잊어버리면 미래가 없는 것

누이야, 오라비가 흘린 피를 잊지 말아다오

교복이 찢기고 모자와 신발을 유린당한 어린 정의
우리는 고등학생이었지, 항거가 뭔지 모르는
풋풋한 소년이었지

민주주의를 실천하라
학원의 자유를 보장하라
구속된 학생을 석방하라
불법 부정 선거를 저지르지 마라

외침은 끝내 4·19혁명의 횃불로 타올랐지

누이야, 또다시 먹구름 몰려오거든
산 같은 음모를 허물어뜨린 어린 정의,
오라비의 외침을 불러내다오.

중학생이다

딸애와 맥주를 마시다가
밴드, 페북, 카톡에 댓글을 달다

엄마, 중학생이야?
핸드폰을 들고 사는구먼

아이가 어렸을 적
식탁에서 핸드폰만 들여다보기에
그 속으로 들어가라 들어가
했던 말이 생각나 나동그라지고 말다

이제부터
나는 중학생이다.

어리둥절할 뿐

빈 좌석에 앉으려고 하자
안 돼요,

낯모르는 여인이
기겁을 하며 끌어당긴다

썩은 내 물씬 나는 행인이 앉았던 자리예요
블라우스에 냄새라도 배면 어떡해요?

얼떨결에 뒤로 가 서 있는데
다른 승객은 앉든 말든 상관하지 않는다

어리둥절할
뿐.

'테스'를 위하여

사랑한다고,
사랑한다고 속삭이던 애인아

상처를 보듬어주지 않았지
가난한 인두자국에 침을 뱉었지

한순간도 거짓 사랑하지 않았어요
때 묻은 잣대로 재어보지도 않았고요

첫사랑인 듯, 첫사랑인 듯
목숨을 줄 때 순결은 눈트는 것

사랑하는 순간마다 피어나는
도라지꽃 같은 것

어리석은 애인아,
안녕.

* 테스 : 토머스 하디의 소설『테스』의 여주인공.

티베트 가는 길

— 다큐멘터리 「다시 태어나도 우리」

앙뚜는 전생에 티베트의 고승,

우르갼은 어린 앙뚜를 데리고 길을 나섰네. 한 치 앞이 보이지 않는 눈바람 속에서 얼굴 맞대 견디다가, 부르튼 맨발을 주무르다가

스승님, 앞이 안 보여요
소라나팔을 불어 봐요, 길을 열어줄 거예요
가지 마세요, 저랑 같이 있으면 안 돼요?
자신을 믿으세요, 여기까지 오는 동안 행복했잖아요?
십오 년 후면 공부가 끝날까요?
그땐 저는 늙어서 아이가 되어 있겠죠?

우리 다시 만날 테니
울지 말아요, 어린 스승이여.

성큼

이 비 그치면
가을이 성큼 들어서겠죠?

가출한 아들이 살림을 차렸다고 하자 아버지는 아들며느리를 보러 달동네로 갔지요. 화장실에 가서 돌아오지 않기에 나가봤더니 이웃집 안방에 의젓이 앉아 계시더란 말,

그 집이 그 집 같은 연립주택,
이웃에 불쑥 들어선 아버지같이
이 비 그치면 가을도 성큼 들어서겠죠?

단풍선 손잡고 설악을 적시더니

새벽잠머리 파고드는
가을, 빗소리.

성빈이

선생을 곧잘 웃기던 아이
졸업하면 대를 이어 두부를 만들겠다던 아이

머쓱하게 손편지를 들고 와서는
제가 시를 너무 잘 쓴 것 같아요

그래그래,
머지않아 두부장수 시인이 나오겠구나
기억할게, 꼭

함박꽃처럼 피어 나가는
뒷모습이 예쁘다.

흰 낙타

옆구리에 기대어 노래 부르면
속눈썹 아슴히
순해지는
너,

낡은 안장에 앉아 귀 기울이면
먼 하늘 밀고 오는
마두금
소리.

흐미

정갈하게 목욕하고
면도를 마친 여신이 알몸으로 누운 초원

양떼가 젖가슴을 오르내릴 때

만년설 녹아 흐르는 소리, 대지를 더듬는 바람소리, 야생화 피어나는 소리, 초원을 달리는 말발굽소리, 바위에 몸 부리는 천둥소리

바람에 실려 와요,
육성으로 연주하는 자연의 소리.

* 흐미 : 몽골족, 투바공화국의 목노래.

렛섬 피리리

짐을 지고 산맥을 오르내리는 열세 살 소년, 절뚝이는 어매를 두고 쏜살같이 내달린다

도와주지 못할 바엔 안 보는 게 낫지
바람 따라 떠나고 싶네, 렛섬 피리리

짐도 못 지면서 뭐 하러 왔어요, 둘의 짐삯을 합쳐봐야 장정의 절반, 얼마나 벌어야 학교에 갈 수 있을까

등짐보다 무거운 건
아들의 눈물을 보는 것,

비탈에서 통곡하는
어미의 아리랑, 렛섬 피리리.

* 렛섬 피리리 : 밭에서 일하거나 짐을 지고 산을 오르내릴 때 부르는 네팔의 민요.

해설

소녀를 다비하다

반경환 철학예술가 · 『애지』 주간

소녀를 다비하다

반경환 철학예술가 · 『애지』 주간

원인 없는 결과가 없다는 말도 있지만, 그러나 이러한 인과법칙은 사랑의 일에는 적용할 수가 없다. 사랑의 문제는 과학의 문제가 아닌 생물학적인 충동의 문제이기 때문이다. 생물학적 충동, 즉, 성적 욕망은 선악의 문제도 아니며, 도덕과 윤리는 물론, 어떤 자연과학으로도 통제할 수가 없다. 어진 현자와 어진 임금이 성적 욕망을 참지 못해서 사회와 국가의 혼란을 초래하는 일도 있었고, 고귀하고 위대한 성직자와 학자가 성적 욕망을 참지 못해서 하루아침에 패륜아로 전락한 일도 있었다. 사랑의 신은 고귀하고 위대한 사건의 주재자이면서, 언제 어느 때나 악질적인 사건의 주재자이기도 했던 것이다.

'사랑의 신'은 천사이면서도 악마이고, 악마이면서도 천사이다. 인간들은 사랑의 신의 노예에 불과하며, 자연의 이치로 따져본다면 사랑의 문제는 선악의 문제가 아니다. 사랑은 선악을 넘어서 있고, 선악을 넘어선 사랑은 종족의 명령이며, 이 종족의 명령에 따라 그때그때마다 희비극이 연출된다. 우리가 사는 세상에 불륜이 없다면 어떻게 살 것이고, 우리가 사는 세상에 순결한 사랑이 없다면 어떻게 살겠는가? 우리가 사는 세상에 이룰 수 없는 사랑이 없다면 어떻게 살 것이고, 우리가 사는 세상에 이룰 수 있는 사랑이 없다면 어떻게 살겠는가? 선과 악, 남과 여, 흑과 백, 진리와 허위, 태양과 달, 윤리와 반윤리, 이성과 비이성, 사랑과 증오 등이 없는 세상이 있을 수 없듯이, 사랑의 세계는 그 모든 것이 허용되어 있다.

시는 사상(언어)의 꽃이고, 사랑은 몸의 꽃이다. 사상의 꽃이 피어나면 몸의 꽃이 피어나고, 몸의 꽃이 피어나면 사상의 꽃이 피어난다. 사상을 따르자니 몸이 울고, 몸을 따르자니 사상(이성)이 도덕과 윤리의 채찍을 휘두르며 주체자의 목숨을 위협한다. 안현심 시인의 여덟 번째 시집『소녀를 다비하다』는 사상과 몸, 혹은 이상적인 사랑과 육체적인 사랑 사이에서 "비껴간 사랑"(「계백에게」)이며 외길의 사랑이고, 외길의 사랑이 사상의 꽃, 즉, 시로 승화된 시집이라고 할 수 있다.

명주이불 속에서
몸부림치는
봄

흥건히 젖어
쓰러지는 오르가슴

자지러지는 진통 끝,

뾰족이 얼굴 내미는
나무의 성기.
—「꽃피다」 전문

사랑은 종족의 명령이며, 이 종족의 명령보다 우선하는 것은 없다. 싹이 트면 꽃이 피고, 꽃이 피면 열매를 맺고, 열매를 맺으면 후손을 남기고 죽는다. 인간이 태어나면 자기 짝을 찾고, 짝을 찾으면 아이를 낳고, 아이를 낳으면 죽는다. 모든 것은 태어나고, 모든 것은 죽는다. 모든 것은 가고, 모든 것은 되돌아온다. 사랑은 자연의 질서, 윤회사상의 꽃이고, 이 꽃의 아름다움은 수많은 남녀들의 이성을 마비시킨다. 봄은 "명주이불 속에서/ 몸부림치는" 봄이고, 오르가슴은 "흥건히 젖어/ 쓰러지는" 오르가슴이다. "자지러지는 진통 끝"은 출산의 고통이 되고, 이 출산의 고통이 끝나면 "나무의 성기"가 온몸으로 "뾰족이 얼굴"을 내민다. 돈주앙이나 클레오파트라의 사랑은 전지전능한 신마저도 용서한 사랑이다. 이 세상에서 사랑만큼 또는 성교만큼 거룩하고 위대한 인륜지대사人倫之大事는 있을 수 없다. 안현심 시인은 '사랑의 시학'의 대가이며, 한국시문학사상 보기 드물게 온몸으로, 온몸으로 '몸의 꽃'을 피워낸 시인이라고 할 수 있다.

양귀비 꽃밭에 누운 듯
홀연히 불기둥 일어서더니

정수리 끝으로 빠져나갔어요

비단뱀처럼 구불텅거렸어요,
천 마리 지렁이가 춤을 췄어요

빗장을 푼 순간, 용암이 솟구쳤어요
뜨거운 샘물이 잡목 숲으로 흘러내렸어요

몸으로 말해요,

언어는
쓸데없는 지푸라기.
—「몸말」 전문

시가 사상의 꽃이라면 사랑은 몸의 꽃이다. 기나긴 겨울을 보내면 봄이 오고 꽃이 피듯이, 때가 되면 자기 짝을 찾아 몸의 꽃을 피운다. "양귀비 꽃밭에 누운 듯/ 홀연히 불기둥 일어서더니/ 정수리 끝으로 빠져" 나가고, "비단뱀처럼 구불텅"거리고, "천 마리 지렁이가 춤을" 춘다. "빗장을 푼 순간, 용암이" 솟구치고, "뜨거운 샘물이 잡목 숲으로 흘러"내린다. 양귀비는 꽃 중의 꽃이 되고, 비단뱀과 천 마리 지렁이는 천하제일 정력의 대명사가 된다. 양귀비와 비단뱀, 양귀비와 천 마리 지렁이의 성적 결합은 '미녀와 야수'라는 영원한 신화의 주제이며, 이 사랑의 신화는 모든 것을 과장하고 모든 것을 미화시킨다. 이 과장, 이 미화는 모든 예술작품의 근본 수사학이 되고, 이 근본 수사학은 이 입에서 저 입으로, 이 상상력에서 저 상상력으로 끊임없이 '성교의 역사'를 발전시켜 나아간다. 사랑은 양귀비와 비단뱀, 사랑은 양귀비와 천 마리 지렁이, 사랑은 미녀와 야수가 엉겨 붙은 몸의 말이고, 사랑은 잡목 숲을 흥건히 적시는 오르가슴이고, 사랑은 대지구의 폭발과도 같은 활화산이다. 언어는 쓸데없는 지푸라기에 지나지 않으며, 몸의 말만이 진정한 활화산이 되어 폭발한다.

이 세상에서 가장 아름다운 것은 무엇인가? 사상의 꽃인 시이다. 이 세상에서 가장 아름다운 것은 무엇인가? 몸의 꽃인 사랑이다. 꽃은 아름다움이며 절정이고, 꽃은 고귀함이고 위대함이다. 사랑의 시간은 황홀함이고, 이 황홀함 속에서 모든 번뇌와 고통은 잊힌다. 시계바늘도 멈춰서고, 몸에서는 날개가 돋아나고, 과거와 현재, 미래와 현재라는 시제도 없어진다. "온갖 향료를 들이마신 뒤/ 천이백 년 동안이나 몸뚱이를 태워/ 소신공양한 희견보살처럼/ 손가락 새 웅크려 앉아/ 온전히 불타버려도/ 어우, 좋아"(「좋아」), "바람을 가르는 야생마의 꿈, 거둘 수 없다/ 황금발찌 빛나는 춤꾼의 비상, 포기할 수 없다 / 달밤 내내 타다가 꽃다지언덕에서 혼절하는 花蛇"(「발의 연애학」), "정갈하게 목욕하고/ 면도를 마친 여신이 알몸으로 누운 초원// 양떼가 젖가슴을 오르내릴 때"(「흐미」), "첫사랑인 듯, 첫사랑인 듯/ 목숨을 줄 때 순결은 눈트는 것"(「'테스'를 위하여」)이라는 시구에서처럼, 안현심 시인의 사랑의 노래는 거침이 없고, 그 장애를 모른다. 사랑은 천이백 년 동안 몸뚱이를 태워 소신공양한 희견보살이 되는가 하면, 그 사랑은 어느새 바람을 타고 가르는 야생마가 되기도 한다. 사랑은 어느새 정갈하게 목욕한 후 면도를 마치고 몽골초원에 누운 여신이 되는가 하면, 그 사랑은 어느새 "첫사랑인 듯, 첫사랑인 듯/ 목숨을 줄 때 순결"에 눈트는 테스가 되기도 한다.

만일, 사랑이 혹은 성교가 고통과 번민과 슬픔뿐이라면 이 세상은 어떻게 될 것인가? 그것은 두말할 것도 없이 모든 종족의 소멸과 함께 우주의 역사도 종말을 맞게 될 것이다. 사랑이 고통과 번민과 슬픔뿐이라면 어느 누구도, 어느 동물도, 또한 어느 나무와 풀들도 성교를 기피하게 될 것이기 때문이다. 사랑은 미래의 희망이고 꿈이며, 사랑은 더없는 기쁨이고 삶의 찬가이다. 사랑이 있기 때문에 종족이 소멸하지 않고 번영을 누리는 것이며, 이 종족의 명령보다 우선하는 것은 없다. 식욕은 성적 욕망의 하위 욕망이며, 조건 없이 성적 욕망에 종속되어야 한다. 식욕은 자기보존욕망이고, 자기보존욕망은 성적 욕망, 즉, 종족의 명령에 복종하지 않으면 안 된다. 사랑(성적 욕망)은 권위를 모르고, 사랑은 돈을 모른다. 사랑은 명예를 모르고, 수치심을 모른다. 사랑은 장소를 모르고, 때를 모른다. 사랑이 그 무엇보다도 달콤하고, 황홀하고 짜릿한 까닭이 여기에 있는 것이다. 사랑의 신은 전지전능하고, 사랑의 신은 언제 어느 때나 미소년이며 영원한 젊음을 자랑한다. 부처도, 예수도 사랑의 화살을 맞고 쓰러진 노예에 지나지 않았고, 제우스도, 시바도 사랑의 화살을 맞고 쓰러진 노예에 지나지 않았다. 사랑은 불이며 불장난이고, 사랑은 이글이글 타오르는 태양이며 천지창조의 원동력이라고 할 수 있다.

하지만 모든 사랑은 이율배반적이며, 이 상호모순 때문에 주체자들은 심각한 갈등에 빠지거나 이별하며 파국을 맞기도 한다. 남자는 자신의 이상을 그녀에게 투영하고, 여자 또한 자신의 이상을 그에게 투영한다. 이상이란, 자신의 뜻과 행동을 모두 이해해줄 것을 바라는 환상에 지나지 않으므로 자신의 뜻과 행동을 이해하지 못하는 상대방에게 실망감과 함께 비난의 화살을 쏟아 붓게 된다. 남자는 자신의 이상을 사랑한 것이지 그녀를 사랑한 것이 아니다. 여자도 자신의 이상을 사랑한 것이지 그를 사랑한 것이 아니다. 이상과 이상이 서로의 멱살을 움켜쥐고, 환상과 환상이 서로의 약점을 찌르며 피투성이 난투극을 벌이는 것이다. 모든 이별은 잔혹극이고, 이 잔혹극은 서로의 이상을, 환영을 진리라고 들이댄 결과에서 비롯된다. 이율배반은 상호 모순되는 두 명제가 충돌할 때 생기는 현상인데, 모든 사랑은 이율배반적이라고 할 수 있다. 순결한 사랑은 이상적인 사랑이 되고, 이상적인 사랑은 환상이 되고, 환상적인 사랑은 서로의 목을 비틀어대며 피투성이 잔혹극을 연출하는 것이다.

마당가에 쪼그리고 앉아
소녀를 다비하네

매캐한 연기를 피워 올리며
소녀는 시퍼런 불꽃으로 반항하네

소년이 보이기 시작하고, 나무가 보이기 시작했네
밤새 쌓은 사랑이 돌탑처럼 높아졌네

한 남자를 만났을 때
소녀는 보자기에 싸여 장롱 깊이 숨었네

들킬까 공포가 밀려왔을 때
소녀는 사랑을 불사르기 시작했네
소지燒紙 올릴 때마다 까만 나비 떼가 흔들리며 날아갔네

검은 날개들의 자맥질, 자맥질……

소녀는 하얗게 다비되고 말았네.

안현심 시인의 「소녀를 다비하다」는 이상적인 사랑을 노래한 시이며, 이상적인 사랑이 '사상의 꽃'으로 피어난 시라고 할 수 있다. 이상적인 사랑은 「계백에게」에서처럼 "비껴간 사랑"이며, 한편으로는 "빗장 열어젖히고 따스운 입김을 불어넣는 그대여// 마음 다해 부르면 금빛 마음결을 볼 수 있을까// 온몸으로 노래하면 숨결 만질 수 있을까// 어떻게 해야 마음을 다하는 건지// 알 수 없는 채로 쓰러지는// 쓰러지는 사랑"과도 같은 「외사랑」이라고 할 수 있다. 이상적인 사랑은 티 없이 맑고 순수한 사랑이지만, 그것은 나르시소스와도 같은 환상적인 사랑이기 때문에 결코 이루어질 수 없다. 제아무리 마음을 다해 불러도

금빛 마음결을 볼 수 없고, 제아무리 온몸으로, 온몸으로 노래 불러도 그 숨결을 만질 수가 없다.

안현심 시인의 여덟 번째 시집의 표제시인「소녀를 다비하다」는 시인의 이상적인 사랑과 그 비극적인 결말을 극명하게 드러내 보여준다고 할 수 있다. "마당가에 쪼그리고 앉아 / 소녀를 다비하네"라는 시구는 현재의 시점에서 까마득한 과거, 즉, "한 남자를 만났을 때 / 소녀는 보자기에 싸여 장롱 깊이 숨었네"라는 시구에서처럼, 그 남자와의 사랑을 이루지 못한 회한을 불태우는 것을 의미한다. 나는 그 소년, 그 남자를 만나 첫눈에 반해버리지만, 부끄러워 말하지 못하고 숨어버렸다. 이 수줍음, 이 부끄러움이 극단화되어 "소녀는 보자기에 싸여 장롱 깊이 숨었네"라는 시구를 낳게 되지만, 이 수줍음과 부끄러움에는 또 다른 공포심이 가중될 수밖에 없다. 수줍음과 부끄러움은 사랑을 고백하지 못할 만큼 성숙하지 못했다는 것을 뜻하지만, 공포심은 사회적인 풍습과 가문의 압력 때문이었을 것이다. 사회적인 풍습은 성숙한 사랑과 성숙하지 않은 사랑, 올바른 사랑과 올바르지 않은 사랑을 규정하고, 그 주체자들의 자유가 아닌 돈과 명예와 권력에 토대를 둔 가문의 영광에 기초를 두었던 것이다. 소년과 소녀의 사랑은 미성숙한 사랑이고 불륜이며, 이것이 소녀로 하여금 장롱 속으로 숨어들어가 이상적인 사랑을 불사르게 했던 것이다. 사상(도덕과 윤리)을 따르자니 몸이 울고, 몸을 따르자니 사상이 도덕과 윤리의 채찍을 휘두르며 목숨을 위협한다. 사랑에는 매혹과 공포가 겹쳐져 있고, 사랑에는 꿈과 불안이 겹쳐져 있다. 현재의 소녀가 옛날의 소녀를 다비할 때 그 옛날의 소년이 보이고, 그 소녀는 시퍼런 불꽃으로 반항해보이지만 이룰 수 없는 사랑은 "까만 나비 떼가" 되어 날아갈 수밖에 없었던 것이다. 현재의 소녀가 옛 소녀를 다비하고, 옛 소녀는 현재의 소녀를 시퍼런 불꽃으로 노려본다. 이 늙은 소녀와 어린 소녀, 즉, 현재의 소녀와 옛 소녀와의 싸움에서 주옥같은 사리가 나오고, 사상의 꽃인 시가 탄생한다. 기적은 절차탁마의 고행과도 같고, 기적은 놀랍고, 기적은 '몸의 꽃'을 넘어서 '사상의 꽃'인 「소녀를 다비하다」의 시세계를 펼쳐놓는다.

멋진 사내여,

그때 당신을 만났더라면 목숨 바쳐 사랑했을 텐데, 황산벌 전투에 나가기 전 목 베이지 않고 함께 싸우다가 죽었을 텐데

천 년 하고도 많은 바람 지난 후
묘역에 꿇어앉아 훌쩍입니다

비껴간 사랑이
머리 풀고 장맛비를 통곡합니다.

—「계백에게」 전문

대한민국의 오천 년 역사에 있어서 계백처럼 문무文武를 겸비한 장군은 별로 없었을 것이다. 나당연합군을 맞이하여 5천 명의 병사로 5만 명의 적군과 맞서 싸운 임전무퇴의 용기가 그 첫

번째를 말해주고, 자신의 처와 자식을 먼저 죽임으로써 패배가 분명한 싸움을 살신성인의 자세로 임한 것이 그 두 번째를 말해준다. 적군이기는 하지만 나이 어린 관창에 대한 무한한 관용과 사랑이 그 세 번째를 말해주고, 백제에 대한 조국애와 의자왕에 대한 충성이 그 네 번째를 말해준다. 계백하면 충신의 대명사이자 문무를 겸비한 장군으로서, 그 영웅정신은 이 순간에도 그가 전사한 황산벌에서 자라나고 있다고 할 수 있다.

계백은 안현심 시인의 이상적인 남자이자 비껴간 사랑의 주인공이기도 한데, 왜냐하면 너무나도 매혹적이고 진지한 목소리로 "멋진 사내여"라고 부르고 있기 때문이다. 이때의 멋진 사내는 더 이상의 비교가 불가능하다는 것을 뜻하고, 계백의 부름이라면 자신의 정절과 목숨과 모든 것을 바칠 수 있다는 것을 뜻한다. 계백은 사내답고 늠름하며, 자비롭고 친절하다. 불의를 보면 목에 칼이 들어와도 참지 못하고, 조국과 민족을 위해서라면 언제 어느 때나 살신성인의 자세로 싸울 수 있다. 계백의 천하제일의 영웅정신과 살신성인의 희생정신에 무한한 존경과 찬양을 보내고 있는 시인은 오직 한 마디 "멋진 사내여"로 표현해 보이고 있는 것이다. 천 년 전에 만났더라면 목숨을 바쳐 사랑했을 것이고, 손수 처자식을 죽여야만 했던 비정함을 사전에 방지하고, 함께 싸우다가 죽었을 것이다. 어차피 한 번뿐인 인생, 멋진 사내와 함께 아름답고 행복하게 죽고 싶었다는 것이 안현심 시인의 인생관과 세계관이라고 할 수 있다. 이상은 이상이고, 계백과 시인과의 인연은 천 년이라는 장벽을 두고 가로막혀 있으며, 이상은 환상이고, 환상은 "비껴간 사랑"으로 "머리 풀고 장맛비"로 통곡하게 만든다.

티 없이 맑고 순수한 사랑은 이상적인 사랑이며, 이상적인 사랑은 외길의 사랑이다. 외길의 사랑은,

귀족의 작위를 박탈한다, 아기를 낳으면 노예의 신분을 부여한다, 돈을 한 푼도 가져갈 수 없다, 다시는 도성으로 돌아올 수 없다.

헌데도,

트루베츠카야는 썰매마차를 타고 혹한의 시베리아를 사십여 일 달렸네. 혁명에 실패하고 유형살이하는 데카브리스트 남편을 찾아 빈 몸이길 두려워하지 않았네.

보이지 않는 사슬에 묶여
여위어가는 발목이여

허지만,

당신을 구할 힘이 내게는 없네
족쇄에 입맞춤할 용기도
내게는 없네.

라는「유형지의 사랑」과,

젖은 땅은 아직도 먼데

벌거벗은 몸뚱이에 불볕이 쏟아지네

뜨거운 길 위에서 허우적거리다가

구불텅구불텅 몸부림치다가

시커멓게 말라죽은

유랑의 무리.

라는 「지렁이의 무덤」에서처럼 '비껴간 사랑'이며, 이 '비껴간 사랑'은 너무나 가슴 아프고 너무나도 슬픈 이율배반적인 사랑이다.

그대를 구할 힘도 없으면서 "썰매마차를 타고 혹한의 시베리아를 사십여 일" 동안 달려가게 하는 사랑, "뜨거운 길 위에서 허우적거리다가/ 구불텅구불텅 몸부림치다가/ 시커멓게 말라죽은" 사랑, 아무것도 "알 수 없는 채로 쓰러지는/ 쓰러지는" 사랑(「외사랑」), "한잠 자고 싶은 아늑한 동굴/ 자다가, 자다가 눈뜨지 못한대도" 좋은 사랑(「좋아」), "녹아버릴라, 날아가버릴라/ 바라보다 눈물방울 떨어뜨릴라// 쓰다듬어보고 안아보고 싶지만 조막만한 내 사랑"(「어리연꽃」) 등의 사랑노래는 안현심 시인의 외길의 사랑, 즉, 비껴간 사랑의 강도를 말해주는 백미편의 시라고 할 수 있다.

시를 쓰다보면 사상가가 되고, 사상가가 되면 자연스럽게 예언가가 된다. 사랑을 하다보면 어머니가 되고, 어머니가 되면 자연스럽게 예언가가 된다. 사상(이성)의 말과 몸의 말, 사상의 꽃인 시와 몸의 꽃인 사랑의 이상적인 결합이 안현심 시인의 시집 『소녀를 다비하다』의 시세계이며, 이 시세계는 사상의 무미건조함과 몸의 동물적인 추함을 넘어선 세계이며, 명실공이 계백의 영웅정신과 살신성인의 희생정신을 토대로, 민족의 시조인 단군에 대한 사랑을 노래한 시세계라고 할 수 있다.

> 바이칼호 알혼 섬에는 샤먼바위가 있지
> 해뜰녘이면 황금빛으로 빛나는 우주바위가 있지
>
> 샤먼바위에 기대어
> 간절히, 간절히 귀 기울였네
>
> 전생의 나
> 샤먼이었는지 모르네
>
> 우주바위 꼭대기에서 하늘동네 오르내린,
> 시와 노래와 춤을 사랑한
> 단군이었는지 모르네.
>
> —「샤먼바위」 전문

모든 것은 하나로 통하고, 이 하나에서 만물이 탄생한다. 순결한 사랑과 불순한 사랑, 정신적인 사랑과 육체적인 사랑, 안타까운 사랑과 비껴간 사랑, 환상에서 시작해서 환상으로 끝난 사랑 등 다양한 '사랑의 변주곡'들은 궁극적으로는 영웅 탄생으로 이어지고, 이 영웅 탄생으로 인하여 종족의 건강함과 종족의 역사는 발전해 나아가게 된다. 시인은 샤먼이었고, "우주바위 꼭대기에서 하늘동네 오르내린" 단군이었고, "시와 노래와 춤을 사랑한" 소녀였다. 옛 소녀가 현재의 소녀를 낳고, 현재의 소녀가 옛 소녀를 낳고, 그 사이사이에 계백장군이 탄생하고, 그 사이사이에 민족시조인 단군이 탄생한다.

순수한 사랑은 이상적인 사랑이고, 이상적인 사랑은 외길의 사랑이며, 외길의 사랑은 비껴간 사랑이다. 상호모순적인 이율배반의 사랑, 이 사랑과 사랑의 싸움에 의해서 거짓말처럼 진정한 시인과 단군(영웅)이 탄생하고, 모든 것이 가능한 지상낙원이 탄생한다.

안현심 시인의『소녀를 다비하다』는 모든 것이 가능한 지상낙원의 세계라고 할 수 있다.

> 빗소리 흠뻑 젖은 가을 모서리
> 목구멍을 훑어 내리는 보드카와 함께
>
> 시를 읽어요,
>
> 너무 사랑해서

고독한 밤.

—「詩밤」 전문

너무 사랑해서 고독한 밤, 너무 고독해서 시를 읽는 밤, "첫사랑 / 이랑이랑 // 오롯이 솟구치는 연둣빛 샘물처럼 / 새봄에 물오르는 감나무처럼 // 순정한 꽃대 하나 품고" 있는 밤, "늦사랑이 지은 / 첫물"(「첫물」)처럼, 모든 기적은 현실화된다.

시인은 사상가이자 예언가이고, 모든 불가능을 가능케 하는 기적의 연출자이다. 기적은 너무 어렵고, 기적은 너무 쉽다.

시인 만세이다.

안현심 시집

소녀를 다비하다

발　　행 2020년 7월 16일
지 은 이 안현심
펴 낸 이 반송림
편집디자인 김지호
펴 낸 곳 도서출판 지혜 · 계간시전문지 애지
기획위원 반경환 이형권
주　　소 34624 대전광역시 동구 태전로 57, 2층 도서출판 지혜 (삼성동)
전　　화 042-625-1140
팩　　스 042-627-1140
전자우편 ejisarang@hanmail.net
애지카페 cafe.daum.net/ejiliterature

ISBN : 979-11-5728-359-0 03810
값 10,000원

안현심安賢心 시인은 1957년 전북 진안에서 출생했고, 계간『불교문예』로 시인이 되었고, 월간『유심』으로 문학평론가가 되었다. 시집으로는『프리마돈나, 조수미』,『상강 아침』,『연꽃무덤』,『하늘사다리』등 7권이 있고, 자전에세이『현심이』, 산문집『오월의 편지』가 있다. 평론집으로『물푸레나무 주술을 듣다』와 연구서『미당 시의 인물원형 계보』,『한국 현대시의 형식과 기법』이 있다. 진안문학상(2011), 풀꽃문학상 젊은시인상(2015), 한성기문학상(2015), 대전시 평생교육진흥유공상(2018)을 수상했고, 현재, 한남대학교와 대전시민대학에서 글쓰기와 시창작을 강의하고 있다.
시를 쓰다가 보면 사상가가 되고, 사상가가 되면 자연스럽게 예언가가 된다. 사랑을 하다보면 어머니가 되고, 어머니가 되면 자연스럽게 예언가가 된다. 사상(이성)의 말과 몸의 말, 사상의 꽃인 시와 몸의 꽃인 사랑의 이상적인 결합이 안현심 시인의 여덟 번째 시집인『소녀를 다비하다』의 시세계이며, 이 시세계는 사상의 무미건조함과 몸의 동물적인 추함을 넘어선 시세계이며, 명실공히 계백의 천하제일의 영웅정신과 살신성인의 희생정신을 토대로 민족시조인 단군에 대한 사랑을 노래한 시세계라고 할 수가 있다.

이메일: ansim99@hanmail.net